U0000208

我每天吃十四顆藥，
依舊相信會得到幸福

劉力穎

#1

首爾，我，一個人

안녕하세요，哈囉大家好，今天的主題，是我。而今天的我，依舊在首爾剪影片。

我叫劉力穎。今年二十一歲。職業是 YouTuber。有些人喜歡我，有些人討厭我，有些人說我很成功。雖然以世間的眼光而言，也許我真的還算是可以：年輕，長相端正，也有一個普通家庭。

但我自己看我自己的話……該怎麼說呢？
這樣好了，你知道，憂鬱症已經是世界衛生組織呼籲必須重視的三大疾病之一嗎？每五名女性，就會有一名有憂鬱症，而且每個人在一生中的任何階段，都可能遭遇到它的襲擊。

我，就是憂鬱症患者。
我帶著我的憂鬱症，像懷抱一個無人知曉的秘密。它隨著我，跟著我，潛伏著我。
我微笑的時候，它存在；我吃飯的時候，它存在；我睡覺的時候，它存在；我難過的時候……我難過的時候？那是它占

據我的時候。

在那個時刻，我就像是被古老的黑狗佔據，一心想著的都是黑暗的事情。現在仍然沒有過去，有時，那隻黑狗仍然會趁我不注意，走到我身邊，用陰鬱的眼睛望著我。

你知道那隻黑狗嗎？

如果你知道，或是你現在也在憂鬱的幽谷裡掙扎，我想跟你說我的故事。說我為什麼走到現在這樣。

如果你願意，請聽聽我的故事。

也許你會發現，我們其實很相似，而我一直到今天，仍在努力的活著。我在我的影片裡曾經承認過我其實是個非常負面的人，有很多人曾經寫信給我，問我該怎麼有自信、明亮的活著，我實在說不出來。

也許就是不放棄吧。

放棄太簡單了。放棄就像是自己在百米賽跑的比賽裡，決定躺下來一樣——雖然現在的我偶爾也會躺著趴著，像一隻被生活輾壓過的老狗。可是我還是覺得放棄太簡單了，難得來到這世界，就算很難，我也想試試看。

一起挑戰『人生』這個困難的遊戲吧。
雖然我們的關卡選擇一開始比別人難了一點，那隻如影隨形的黑狗總是偷偷吃掉我們的行動力。

但，我們會走下去。
這是我的故事。

我是劉力穎，今年二十一歲，我是 YouTuber，我也是一個有十一年憂鬱症病史的患者。

而現在，我仍然努力活著。

與影子團圓的除夕夜

我在首爾的房間裡，打開螢幕，社交軟體上每個人都在貼團圓飯的照片。這是 2020 年的除夕夜，而我一個人，只有我的狗「八股」與我在一起。

是第一次，我沒有與家人一起過除夕，也是第一次，我一個人自己過年。

我前兩天買了木炭，而剛剛買了酒。這個除夕夜，我只能與我的影子團圓。因為這段時間情緒狀況實在太低落，我跟媽媽討論過後，決定留在韓國，不回台灣。可是當我打開電腦螢幕，突然有點後悔。

那些與家人一起吃團圓飯、全家和樂融融的照片，每一張都

在提醒我：現在的我是多麼孤單。

我像是那個被遺棄在街角的女孩，所有人都在玻璃窗裡，吃著喝著。我只能站在窗外，看著那些明亮的溫暖的快樂。

那都不屬於我。

可是這是我的選擇。我選擇我來首爾，我選擇我不回台灣過年，我必須在這裡，撐住，活著。
但也有我不能選擇的事情。

我還有藥。安眠藥。
我一直是個淺眠的人，因此在台灣時，就帶了一些安眠藥來韓國。

在孤單的時候，安眠藥真是非常誘惑的東西，畢竟藥始終都在那裡。藥是種奇妙的陪伴，它安靜、它忠誠，不會離開，只要想要，隨手一拿，就可以得到。只要吃下去，它所允諾的每一件事情，都會發生。

我打開剛剛買的酒，拿出藥，仰頭吞了一把，喝一大口酒。只要睡著就可以不看到那些團圓的照片了吧，那些快樂的家人，美滿的氣氛，彷彿都不屬於我的遙遠。只要睡著，就不用再努力了。

不用努力活著、不用努力拍片，有喜歡我的人，也有討厭我的人，但只要睡著，這些都不重要了……

對吧？媽媽。

意識模糊的瞬間，我突然想起媽媽的臉。
如果我就此永遠睡著了，媽媽會不會難過？
我想起爸爸。我想起爸爸一直交代，要我們好好活著。

我躺在那裡，伸出手去，在模糊的意識之海裡，摸索我的手機。按下電話，我聽到撥號聲，好像很長很遠很久之後，我聽到媽媽的聲音。媽媽在說什麼我已經不太記得，我只記得哭了出來。

有打電話給媽媽，真是太好了。

如果我真的離開了，媽媽一個人，也是非常孤單寂寞的吧？
在我意識模糊前，腦海中唯一記得的就是那句話：

有打電話給媽媽，真是太好了。

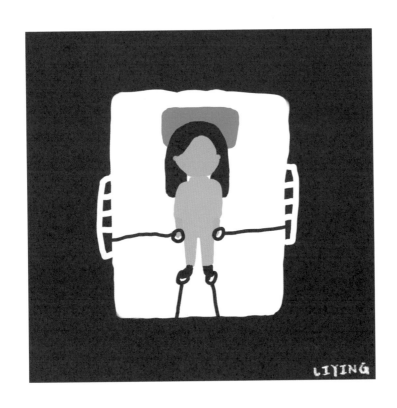

十六歲那年，一個好奇的起心動念，我陰錯陽差踏入了 YouTuber 界。

從此之後我知道語言的力量。

在網路上有些人討論我，有些人好奇，為什麼我會成名。有些人喜歡我，但也有些人酸我。畢竟網路上什麼人都有，更何況是酸民這種生物。

有人說我長得好看，家裡經濟也不錯的樣子，怎麼會得憂鬱症；有人私訊給我，問：「妳怎麼還不去死？妳不是生病嗎？」有人說我拿憂鬱症當賣點；有人說要當這一行就要有強大的心理素質，沒有的話最好不要去碰；還有人說我就是裝病，

他說他在捷運站看見我與姊姊一邊走一邊笑，「笑得出來，最好是憂鬱症啦！」

好像憂鬱症的人，就不用生活似的。
好像憂鬱症的人，都不需要吃飯上廁所睡覺。
好像憂鬱症的人，每天只要面壁流淚就好。

如果要我說，我想我會這樣回答：× ！才不是這樣！
憂鬱症患者也一樣吃飯睡覺上廁所，也一樣會笑會說話會走路，只是……只是不是我選擇了憂鬱症，而是它選上了我。
我無法選擇。

就是普通的一天，普通的生活的某一天，憂鬱症像個以前就認識的朋友，它提著它古老的皮箱，輕輕敲了我的門。
我打開門，只看到禮貌的它。
它對我說：
喔嗨，妳好。妳也許不認識我，但未來妳會熟悉我。

說完，它便進入了我，成為我的一部分。等我發現時，它已經生出芽根，長入了我生活的土壤裡。

我沒有選擇。

再正確一點說，我連選擇都還不知道是什麼時，就已經被憂鬱症選上了。

網路上也有些聲音，溫暖我。

有些人會在看到我的限時動態時擔心，傳訊息給姊姊，請她來陪我；也有些人會在我的影片下留言，說她們很喜歡我的影片；也有許多人會在我憂鬱發作時，傳訊關心我……

有時候，只要一道光，就能讓我繼續活下去。

現在的我，二十一歲。

而我想過，也許我只能活到二十五歲。

我無法想像二十五歲之後的生活會是什麼樣子。好嗎？壞嗎？我是不是依舊要天天吃藥？天天與我的憂鬱症相處？牠

就像一隻沉默的老虎，等候在我身邊，等我隨時狀況不好，牠就可以吃掉我，成為我。或者如那有名的首相所說，那隻沉默的黑狗……

那隻古老的黑狗，如今也注視著我。
在首爾的那天，那個除夕夜，我吞了一把安眠藥。

藥與我

安眠藥，我對它並不陌生。史蒂諾斯、優樂丁、樂平……我吃過好幾種，那些藥算得上是我的生活必備品。

陽光空氣花和水，在我看來，還需要加上一個藥。這就是我的生活裡必須出現的東西。有一句話這麼說：小女孩是由糖果、香料與世界上所有最美好的事情所組成的。但我的成分裡面，還有藥。

那天我躺在那裡，想著我剛剛吞下的那一把藥，當然我還配酒吃了。雖然是錯誤示範，但這時候誰會在意？可是當我按下媽媽手機號碼時，忽然非常非常在意。
媽媽已經沒有爸爸了。
如果媽媽再失去我呢？

我一下子想不起我吃了多少藥，但我記得嘴巴裡的苦澀味道。所有的記憶如慢動作回放：拿出藥，拿起酒杯，仰頭張嘴，吞了下去。

吞嚥。

酒。

安眠藥。

我想死嗎？

有時候我會問我自己這個問題。

但在我走上追尋答案的路程時，我必須說，我很努力、很努力活著。

YouTuber 這個職業並不是以前就有的職業，因此當我選擇成為 YouTuber 時，並沒有意識到我會面對什麼樣的世界。我後來才知道語言可以成為刀成為劍，在不流血的空白處，將人割出道道血痕。

那些說話的人是安全的，那些被觀看而被語言傷害的人是活該的。因為她們——也就是我——是 YouTuber。大寫的，放

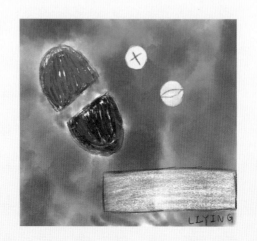

棄自我防衛的，YouTuber。

我是幸運的，對於許多懷抱 YouTuber 夢想的人來說，第二支影片被人報導，觀看數從百人一下衝到破萬。那簡直是難能可貴的事情。

我知道，我也明白我非常幸運。

但這樣的幸運，要付出代價。畢竟世界上每一件事情都需要代價，對吧？

像現在，我已經不會打開私訊了。
在公開版面罵的通常都還算客氣，別人傳來的私訊裡，各種難聽的詞語簡直創意無限，各種難以想像的恐怖語句彷彿會插出螢幕，直直插進我的心裡。我不想覆述那些話，但我覺得奇怪，人為什麼可以這麼惡毒？

寫下這些惡毒話語的人，他們眼中的我，真的就是如他們所

說的那麼糟糕嗎？那些人，他們知道我是什麼樣的嗎？他們知道我每天都在對抗我腦海裡那個不請自來的房客嗎？

有人曾在 Dcard 上這麼問：為什麼劉力穎看起來家境不錯，長得也挺漂亮的，怎麼會得憂鬱症？

我也想問這個問題。
於是，我必須回頭看看到底發生了什麼事。

#2

爸爸媽媽，姊姊，有時還有我

我在努力什麼呢？其實不過是「生活」兩個字。

愛也好恨也好，生活裡好多好多事情，將我帶到現在的樣子。

我有時候會想，每個人都會幸福吧？雖然幸福說起來彷彿是
那麼浮濫的字眼，可是我真的真的願意這樣相信：在我生活
裡的每個人，都會幸福快樂⋯⋯

或者，曾經幸福過。

就像是每個孩子都曾是被期待著的，來到世界。
我願意這樣相信。這個信任對我來說，像小小的燭光⋯⋯

雖然有段時間，我忘記我曾經懷抱著這盞光。

如果可以，說說你的家好嗎？

說說妳的家人相處狀況給我聽，好嗎？

你的國小五年級下課，是在做什麼呢？

我想聽一個比較明亮的版本，一個比較接近正確的版本——

如果家庭有所謂的正確版本，那我擁有的，應該是有點歪斜，

卻還不算全錯的版本。

可是「正確」這個形容，比較好為普羅大眾所接受。

而歪斜⋯⋯歪斜則會長進骨頭與肌肉裡，成為未來人生的一

部分。

我很快就知道，我不是一個正確的人。我有點歪掉了。

有人問過我，家對我而言是什麼？我記得我那時候想了想，看著對方說出了兩個字：戰場。

我記得對方突然倒抽一口氣，她沒有掩飾她眼中的震驚，我幾乎有種惡作劇的快感：她應該沒想到是這個答案吧。

我的爸爸大媽媽九歲，我想她們一定也有非常好的時候，她們戀愛時一定也有過快樂的時分。

可是我的記憶不受控制，我的記憶有個按鈕，總是不小心打開或關閉，腦海裡的畫面便會扭曲到奇怪的頻道：
爸爸與媽媽吵架。
爸爸叫媽媽去跳樓。
媽媽站在頂樓。
媽媽要跳下去。
還有……

有時候想起來太痛苦，那時我會吃藥。只要睡著就不會想起，

LIYIVG

睡著了那些痛苦就會遠離。安眠藥有很長一段時間都是我的神仙教母，她不但不會背叛我，還會給我一個非常甜蜜的睡眠。

只是醒來，一切仍然沒有什麼改變。

我一樣要面對我的家庭，我的過去。
因為這些過去，我長成現在這個樣子。

不，你們看到的我，那個在鏡頭前敘述我的生活，有時候會笑得像世界沒有任何憂愁的我，只是我的表面。

我的裡面，那是我的家人塑造出來的部分，在那個地方，有很深很暗很靜的部分。

那裡是戰場的遺跡。我有時候會猜測，是不是那個部分吸引了名為憂鬱的那隻黑狗？或是那名不請自來的房客？

是不是因為那些過去，我才會吸引了它們？

我沒有答案。

我只能回頭去看。

有好長一段時間，我責備自己。是不是我再好一點，我的家也會更好一點？是不是我再乖一點，也許爸爸媽媽感情也會一直好？……是不是我……

我責備自己，彷彿這一切都是我的問題，我的錯。

而那時候，我只有十歲。

放學後

關於我的國小生活，我真的、真的很希望我可以這麼說：下課回家，我會快快樂樂的與姊姊牽著手，打開家裡的門，媽媽會微笑幫我們準備好點心。她會叫我們去洗手，洗好手我與姊姊一起享用今天媽媽給我們的驚喜，有時候是蛋糕，有時候是餅乾。媽媽在廚房裡準備晚餐，我們一起等待爸爸回家吃飯……

我真的好想要這麼說。
如果這畫面曾經發生。

那段時間，我與姊姊回家，我都會叫姊姊先進門。
「妳幹嘛不進去？」姊姊這樣問過我。
「沒有啦，妳先進去嘛，看看爸爸媽媽有沒有吵架……」我

會這樣哀求姊姊。

直到姊姊進門後又出來，告訴我今天他們沒吵架，我才會放心，乖乖回家。

可是更多時候是我們回家，家裡一片狼藉，椅子桌子全部沒在該在的地方。我們找不到媽媽，爸爸說媽媽在頂樓。我們衝去頂樓找媽媽，看看媽媽有沒有站在樓頂的邊緣，有沒有想要跳下去。

有一次，媽媽與爸爸吵架，媽媽對爸爸說：「那我現在就去死！」

爸爸這麼回答：「妳去。」

媽媽立刻打開門，按了電梯往頂樓去。而我與姊姊跟在媽媽身後，衝了上去。當我們到達頂樓，媽媽一隻腳已經掛在頂樓的牆外。我一直哭一直哭，一直要媽媽回來陪我們，如果

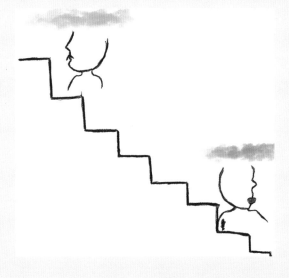

媽媽那時就跳下去了怎麼辦呢？

但媽媽當時好像什麼都聽不到，她只是坐在頂樓的牆邊上，望著天空。

我一直叫媽媽回來，如果媽媽不在了，我一定也會死掉吧？

我眼中始終都是那個畫面：媽媽背對著我們，腿懸在高空上，眼睛望著遠遠的寬闊天空。我哭到岔氣時，媽媽慢慢的轉過身，從牆上慢慢下來。她走到我們身邊，一把抱住我與姊姊。

我聽到媽媽也在哭。

那次之後，這件事彷彿成為某種重複的、不受歡迎的儀式。只要爸媽一吵架，媽媽就會衝到頂樓去，而我與姊姊，便要一起跟著上去，懇求媽媽回來。

那時候，我好怕回家。

我好怕放學後，回家路上我會看到警車，看到許多人，看到那些人圍著我家的大樓；又或是我與姊姊一打開門，爸媽依

舊在吵架，吵她們永遠沒有停歇的架。

那時候我才十歲。

我有一個家。

我有爸爸媽媽，還有一個姊姊。

我們看起來很正常。

看起來。

只是，在我的記憶裡，那片廢墟般的戰場上，仍有地方長出
小小的花。那樣的點綴，就足以令這片風景有一絲溫暖。

在以前，爸爸不是這樣的。

以前，爸爸曾經帶我們全家一起出去玩。從事旅遊業的爸爸，
會帶我們出國，在以前廉航還沒有盛行，每一次出國都是標
示我們家與其他家不同的界線，跨過界線的人，可以飛上天
空，可以到另一個國家，看到不同的風景。

那時爸爸帶我們去日本，走在樂園裡面，我與姊姊走在爸媽
前方。我們那時候一心想看各種卡通人物，那些在台灣看不
到的絨毛玩偶，帶回去總能引起班上同學一陣讚嘆。我與姊

姊興奮地奔跑，我們都想看到那些真實的絨毛卡通動物，但不知道為什麼，那瞬間我突然停下腳步，往後看。

我看到媽媽挽著爸爸的手，慢慢的走著。她的臉紅紅的，嘴角微微抿著，露出一種我沒見過的笑容。她們兩人走得很慢，彷彿如果走慢一點，所有的幸福都會因此駐留。當然，那時候我不懂這些，可是這個畫面如此安靜平穩，我相信在那個瞬間，他們彼此相愛。

我記得媽媽抬頭看到我正望著他們，她的笑容仍在，仍是那麼溫柔。那是我很小很小的記憶，但怎麼樣都無法忘記。我的父母也曾經相愛過。那樣踏實、確切的相愛過。

如果世界上所有事物都必須定錨，才能敘述。那麼，那個畫面也許是我對所有幸福美好想像的開始吧？

在後來的後來，爸媽開始吵架，媽媽常常崩潰大哭時，偶爾我也會想起那個畫面。

我們家也曾經幸福快樂喔。

在爸爸的怒吼裡，在媽媽的哭泣裡，在姊姊可以忍住而不去看的時間裡。我按住腦袋裡的快轉按鍵，回到那個時間裡。

真的，也有過這樣的時候。
如果你問我幸福是什麼，我會說，在某一次出國時，我看見爸媽走在一起，手挽著手，對彼此笑著。那就是幸福了。

時間如果能夠停止就好了。
停止在最幸福快樂的時候，這樣日後所有的傷害，都不會降臨。

什麼時候，我們家開始出現崩毀的跡象？
我試圖拼湊記憶裡的蛛絲馬跡，是爸爸第一次開始對媽媽大吼的時候嗎？是媽媽把腳跨過頂樓的圍牆的時候嗎？是我不聽話開始生病的時候嗎？

我想了很久。

一次一次追索裡，我找到一條線索。

那是一次失誤，一個疏失。

從此我的家便成為戰爭發生的地方。

在那裡生活的所有人，都無法倖免。

#3

藍色童年

你知道鐘鉉嗎？他是我最喜歡、最喜歡的明星了。

我記得在《一天的盡頭》的歌詞裡，他唱道：辛苦了，真的辛苦了，我粗糙的雙手與我的肩膀，希望能在一天過後，成為你的慰藉。

我反覆地聽，反覆的。他的聲音能溫暖我小小的、藍色的心。

有時候我會覺得自己的心像是住在水族館裡，裡面充滿安靜的藍。深海的顏色，安慰我的顏色。

畢竟我的童年，就是這樣的顏色。

溫暖的鐘鉉，唱著 So lonely 的鐘鉉，曾經在無數個只有自己的夜裡用歌聲安慰我的鐘鉉，某一天晚上——

他的黑狗，帶走他了。

所有的崩毀，都有前奏。

發生在我身上的前奏，是我開始自殘。

而那時，我才十歲……還是十一歲？記憶在這裡有點模糊，
模糊到我真希望可以抹去。從那時候開始，我便感覺到那隻
黑狗的存在。

等我長大之後，我在身上刺上了牠的刺青。

原本，一開始只是因為鐘鉉身上也有這個刺青，代表憂鬱症
的刺青。我也刺上之後，忍不住去找牠的含意。

原來是邱吉爾也有憂鬱症，而他總是暱稱他的憂鬱症是「黑
狗」。他的黑狗，一有機會就咬住他不放。

這社會總是會期待人與偉人相似，我與邱吉爾一樣，我們都被憂鬱黑狗拜訪，從此我們的世界與其他人完全不同了。

我該開心黑狗選擇了我嗎？

那時，我還很小，卻已經開始用刀片割自己的手腕。

到底為什麼？我不知道，只記得我像玩耍一樣，試試看自己會不會流血。
割下去，啊，會流血。

但好像不太痛。
那就再割一刀。

那是我國小五年級時候的事情，也是我第一次去拜訪小兒心智科。

我記得那個診間，小兒心智科的顏色與外面診間的慘白不

同，比較粉嫩也比較甜一點，好像我們來到這裡都可以得到救助。

對的，我真的在這裡找到救助。
那時的醫生看了我，幾次之後，他判定我是憂鬱症，開始開藥給我吃。

從此之後我有了新的玩伴。
嗨，藥丸一號，我知道吃下妳我就會睡著。
嗨，藥丸二號，我知道吃下妳我就會比較安靜。
嗨，藥丸三號四號五號……我的記憶漸漸比較慢，也比較緩，我開始學習與藥相處，開始明白我有些東西跟其他人不一樣。
別人的朋友可能是遊戲與課本，我的朋友就是藥。

最近，為了憂鬱症的問題，我去看了心理諮商。
可是連續看了幾個禮拜，我不太知道心理諮商對我的幫助是什麼。後來漸漸停止了，只是我仍在吃藥。

畢竟是老朋友，可靠而忠心的老朋友，總在我身邊。

十一歲到現在，也吃十年了。

只是有時候我還是會這樣想：如果黑狗沒有在我十一歲那年住進我的身體，如果我沒有吃藥，如果那時候有人能看到我、關心我……現在的我，會是什麼樣子的呢？

我問黑狗，牠不回答，我只能張開口，吞下今日份的藥丸。

我想跟你說說小兒心智科這個地方。

所有的醫院燈光都明亮，一致的白與一致的模樣，彷彿有個製造醫院的中央工廠，從那裡出來的所有醫院都長得一模一樣。

白色的病房油漆，藍色的病床，病人的服裝是淺藍色的，護士姊姊的服裝有時是白色有時是粉紅色，大家都帶著一種青澀的粉嫩。

可是這樣的顏色並不能令醫院好看一點，在我記憶裡的醫院就是一場白，下過雪一樣，讓人目盲的白色。而且還不是乾淨的白，而是略帶著說不出的黃灰，所有的護士姊姊醃漬在

這燈光裡，都顯得蒼白無望。

而我，我會被媽媽帶進這片黃灰染過的淺白中，牆壁比較多顏色的地方。不知道是誰在牆上設計貼了大樹與樹葉，卡通版的大樹，沒有細節，只有輪廓，大家都面目模糊，但因為顏色，仍可以辨認出那是種植物。

在醫院，有一點別的顏色，就算是繽紛了。於是，我可以輕輕的肯定這裡，應該是整個醫院最繽紛的地方了。

小兒心智科。

只有十歲的我，坐在像是從教室搬來的課桌椅上，看著醫生坐在我面前。當時的我，不知道憂鬱症是一種病，不知道拿刀割腕要看醫生。而爸媽沒有問過我，直接帶我去大醫院掛號。

那時的我，與醫生見面時很像在接受訪問，只有我自己面對

醫生，而媽媽避開了。但我仍然害怕我說的話被媽媽聽到，說得小小聲地。

醫生是個美麗的姊姊，我還記得她的名字，像她的人，美麗而雅緻。她對我說話時輕而緩，彷彿我是個玻璃做的珍貴物品。她的聲音讓我很放鬆，也願意小小聲告訴她，我為什麼拿刀割腕。

當她宣布我是憂鬱症時，我仍然很迷惑。「憂鬱症是什麼？」

「孩子，是一種病，」她仍然很美很美，聲音很輕：「吃藥就會好的病。」
於是我開始吃藥。
於是我開始相信會有那一天，我的病會好。

可是那時候我感覺我自己無法與憂鬱共存，因為那感覺實在很像在自己不知道的時候，身體裡突然出現另一個自己。不，也不是另一個自己，更像是突然被外星人綁架，回到地球之

後自己都不是自己的感覺。

我像是身體裡住了一個不認識的自己，但偏偏我又清楚明白，那是我。

我好像因此，更憂鬱了。

背叛之屋

那時美麗的醫生坐在我眼前，用她吟唱般的聲音詢問我：「妳今天為何而來？」

我其實也不知道。

爸媽沒有問過我的意見，沒有徵詢過我的意思，他們只是把我打包起來，送進了名為「醫院」的地方掛號。

我到底為什麼而來呢？我想了很久。難道是因為「那個」嗎？可是那個說出來，我覺得，好像對不起爸爸媽媽。因為醫生不是我的家人，有些事情出了家門是不能說出口的。

很小很小，我便有如此封閉的概念，實在不知道打哪來的。

現在想想，自己都會笑出來。可當時，那真是天大的教條，壓得我說不出話，壓得我把話一條一條全部刻在自己腕上。

在醫生姊姊第三次開口後，我很小聲很小聲的，感覺像是自己背叛了誰一般的羞恥，我說出一句話。

說了第一句，就會有第二句，就像童話故事裡忍不住將國王是驢耳朵的秘密告訴樹洞的鞋匠。

我說：「爸爸媽媽的吵架影響到我的心情。」
我說：「我人在學校，但心在家裡。」
醫生靜了靜，問我：「告訴我，傷害自己的原因是什麼？」
我感覺我的胸膛要爆炸了，沒有人問過我。我好想與內心的黑狗一起吠叫，如果你願意問，我一定會說。

於是我說了，背叛了誰那般，小小聲的說了。
「我只是想讓爸媽注意力轉移到我身上。」

其實我知道，我都知道。

像讀一篇第三人稱的故事那般，我知道我的家發生了什麼
事，爸媽雖然隱瞞著我與姊姊，可是吵架的氣息仍然散發著，
在牆角在桌邊，在背叛嘴唇的手指間。我只要回家就可以聞
到，我可以聽到所有細碎的耳語在蔓延，我家就是一棟背叛
情感的屋子，所有的家具都會耳語，所有的窗簾都會重述。
爸媽就算不在我們眼前吵架，我仍然會從這些竊竊的私語裡
知道她們吵架。

醫生當時對我說些什麼我已經忘記，但我記得這次討論完，
我走出門，轉頭看見她走向媽媽。她與媽媽說些什麼，我不
知道，也聽不到。但那次之後，爸媽收斂了一點。

可是那並不能改變我得開始吃藥的事實。我開始吞一顆一顆
的藥丸，隨著我的年紀漸長，藥量也是從輕到重。現在，我
有時得吃到五顆安眠藥才能睡著。但我仍然相信，我會好。

有一天，我會好，我會有個童話故事的結局，我相信。

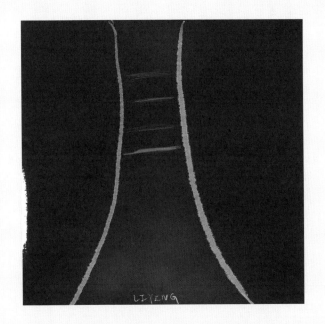

#4

YouTuber 之路

一首歌不能只有主調，也需要有副歌。我想唱起副歌，比較快樂的那一種。所以讓我說說我的願望。

如果有願望，你會想要什麼呢？我有時候會想，如果我有願望，不用很大不用很多，只要小小的、小小的就好。

小小的願望之一：相信每個人都可以幸福。
小小的願望之二：每個生命，都會找到自己的出路。

就像我，也能找到了一個小小的，小小的出路。
所有關於我的小小夢想，都從這裡開始。

每個女孩都有過明星夢，我也不例外。小時候我也想過當明星，希望很多人能認識我、每個人都知道我是誰。

但是我從沒想過我要當 YouTuber。

我小時候曾經列了一張夢想清單：我想當廚師、我想當保母、我想當明星、我想當……我想做好多好多事情，但 YouTuber 從未在我的選項裡。

但我很小很小就知道，我不想跟家裡拿錢。

跟許多人一樣，我是個愛買東西的人。那時候我常跟同學去逛士林夜市，在那裡買一點小東西：衣服鞋子包包……有時候去屈臣氏，我也會買很多化妝品，那正是青春期，沒有女孩希望自己不漂亮。

我也是，我多希望我能夠漂亮啊！

為了漂亮，我學著打扮，學著化妝，學著穿衣服……這一切，很現實的，需要錢。
可是我不想跟家裡伸手。

那時候我才十四歲，不知道哪來的想法，我決定開始做網拍。一開始，我想我可以去打工，可是十四歲實在太小，沒有人敢雇用童工。

那麼，我就僱用我自己。

那時候我開始找五分埔的店家當供應商，跟她們進貨，找一個不用收費的平台，自己做起了網拍。後來甚至也找了網紅來幫我做廣告。至於進帳？我只能說每一分每一毫都是值得的。

我可以用自己的錢，買更多的東西。這是一個象徵，我開始

買更多的化妝品。一次我與朋友去逛街時，買了許多化妝品，朋友忍不住念我：「天啊，妳買那麼多，用得完嗎？」

我忍不住說：「妳看那些美妝 YouTuber，她們不是也買很多化妝品嗎？」

「但她們是美妝 YouTuber 啊！妳又不是！」
朋友這句話激發了我想成為 YouTuber 的心。

如果當 YouTuber，我就可以買更多化妝品，而且不會被念了吧？

這是我最初的初衷。成為一個 YouTuber。
就可以買更多東西了。

那時候，我也希望我能前往韓國，去做練習生。

如同前面所說，我也有小小的夢想，我想成為一個明星，希望很多人可以認識我。而喜歡 K-POP 的我，如果能去韓國當練習生，之後出道便指日可待吧？

當然那時候的我還很天真，可是那樣的天真支撐起我的生活。那樣的天真也成為我的動力，就算我仍然有著不為人知的疾病，我依舊認真的往我的夢想前進。

就在這樣的情況下，我拍了第一支影片。

那時候的我完全不會剪片拍片，所有的剪輯與拍攝都是一邊摸索一邊上網查，看看該怎麼拍會比較好，燈光該怎麼擺，

還有相機該怎麼放置。那時候光說一句話，我可能就會吃十幾次螺絲，甚至還不太知道怎麼寫腳本，全部都是自己一個人瞎子摸象似的摸出來。

也因為十六歲的自己，天不怕地不怕，甚至連批評也不怕，就把影片放到 YouTube 上。現在想想，其實很感謝十六歲的自己，那麼勇敢的往前走。也許因為這樣，以前時常有人寫信問我，要怎麼像我一樣有自信時，我都很迷惑。

自信？

我嗎？

我其實是最沒有自信的那個人。畢竟我不是傳統定義上的好學生，我沒有好成績，雖然看起來外貌還不錯，可是也就僅此而已。

我想找到我活著的意義。
我想知道我為何存在。

第一支影片的嘗試，並沒有一炮而紅。人數少到小貓都會啣著另一隻小貓來找位置坐。

我不是一開始就成功，我沒有那麼好運。

但無論是網拍經驗，或是拍片，對我而言都養出了一種天不怕地不怕，就怕做了沒做成的精神。

要說我是追求完美嗎？好像也有點這樣的意味，總是想把事情做到一個程度，看看自己能走到哪裡。與其說是追求完美，不如說是不想認輸吧？

因為不想這麼快就被打倒，不想那麼快就承認我不行，因為

我是一個這麼沒有自信而脆弱的人，我更要知道自己可以走到哪裡。

所以我拍了第二支影片。

用現在的眼光來看，第二支影片一樣拍得很簡單樸實，當然這是好聽的說法，說得直接一些，就是充滿濃濃菜味。依舊是摸索，依舊是好奇，我用不怕碰撞的勇氣來嘗試，影片裡除了菜，還有我滿滿的探索。

這支影片我講的是我如何練出馬甲線，當然那時候的我憑著一股熱情與自己不服輸的精神，沒有上健身房，嘗試用自己的方式練出川字腹肌與馬甲線。這支影片很幸運被新聞報導，第一天上傳時我還想：大概人數也會跟第一隻影片差不多吧……

沒想到，因為新聞報導，我的影片觀影人數一下從數百人暴增到上萬。第二天打開 YouTube 時，連自己都不敢相信。

我知道我自己是幸運的。

許多 YouTuber 努力了一兩年都沒有這樣的待遇，而我，一個才十六歲的小女生，第二支影片就突然成為許多人注目的新星。許多人喜歡我，也在這時候開始，許多人討厭我。

在這支影片的下面，仍有許多留言，說我做的動作是錯的，說我沒有專業不該討論這些事情⋯⋯從這時候開始，我才知道原來有些人會因為妳一點不對，就瘋狂指責。

這也是我第一次面對網路世界上的特殊神奇生物——酸民！

酸民是種很神奇的生物，他們完全不介意自己說出什麼話，很難聽的話也可以說得出口，那程度直逼恐怖，現實生活中很難想像有些人可以說出這樣的話。一開始的我還會戰力十足的對抗他們，但現在慢慢的感覺我累了。

但我還是幸運的，仍然有許多人支持我。在影片的底下常常

會看到有人說她們支持我……我相信這世界上，好人總是多過壞人。

當 YouTuber 最大的收穫，應該就是這個吧？

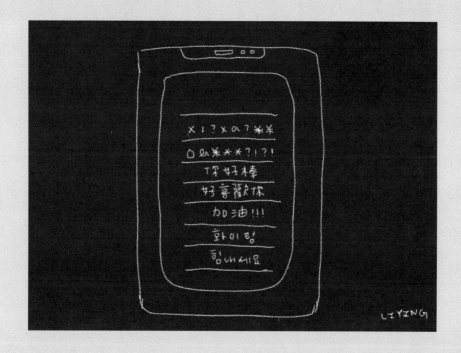

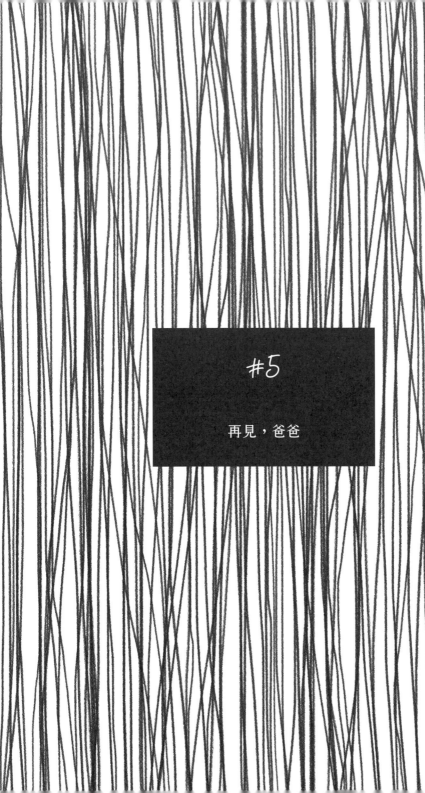

#5

再見，爸爸

工作成為我找尋自己生存意義的方式，但就在我忙碌的時候，我的家，有些天翻地覆的變化悄悄來臨。

厄運像烏鴉，黑色的鳥，迅急且難料。
只有在斂翅落下地時，輕輕的「啊啊」叫一聲。
那就是提醒了。

只是有時候那聲音太輕太細，而我沒聽見。

手術

第一個變化，來自於一個不和諧音。那是前奏。

發生在我們家的前奏，是爸爸病了。

咽喉癌。癌症來得又快又突然，爸爸立刻決定做手術。

那段時間，媽媽一個人從淡水家裡去馬偕，來回跑。

事後回想起來，這也許是我人生的一個轉折。因為這個手術失敗，才將爸爸推入了深淵。切除。割除。把身上那塊突然不知打哪來的壞東西除掉，可是下刀要精準要仔細，因為一不小心，就會割到了不該割到的地方。

關於手術我有很多想說的，但現在想起來，只剩下一個印象。

安靜。

因為我們家就從此失去聲音了。

醫生一不小心，手術時切除了爸爸的唾液腺。從此之後普通人能做到的事情，爸爸全部無法做到了。吞嚥一塊香辣的牛肉、鹹香的蔬菜、甜美的蘋果……爸爸再也無法做到這麼簡單的一件事：吞嚥。

從此之後他只能吃流質的食物，無論是什麼，全部都打碎、攪成泥，他才能吞下去。

爸爸的口腔從此乾燥，爸爸從此無語。

切除唾液腺就像切除了爸爸的聲音，他之後變得沉默安靜，我們家再也沒有吵架了，但失去了互動。媽媽與我們不敢在爸爸面前享用食物，因為怕爸爸也想吃卻吃不得，這是多麼痛苦的折磨。醫生大概不知道，他割除爸爸的唾液腺，從此也割除了我家的聲音。

從此之後我家也失去了兩個字：好吃。

我們不會在爸爸面前說好吃，怕爸爸也想吃，怕爸爸難過，怕爸爸意識到他失去了什麼。

家中的氣氛卻因此有了轉變。

沉默的爸爸，開始依賴媽媽。他們原本猛烈的爭吵，原本那些傷人的話語，也隨著這場割除，與腫瘤一起消失。

家裡原本會竊竊私語的家具們，再也說不出背叛的話語。我的爸爸媽媽，在他們身邊圍繞著靜默的愛。那時我發現我家原來也可以有一種溫暖的安靜。那時的媽媽，看起來好放鬆，她再也不會突然衝上頂樓，說要跳樓。而爸爸依偎著她，比以前更加需要她。

一場病，奪去了健康的爸爸，卻給了我一個安靜平穩的家。那段時間，我們家好像才趨近了一種名為「幸福」的可能。

但只是趨近。

沒有到達。

黑狗住進我家

爸爸生病的期間,橫跨我的國中時期,我必須面對家裡的劇
變。可是媽媽放鬆的眼眉與爸爸不再出惡聲的模樣,都讓我
稍稍的鬆懈。

我們家正在一個風平浪靜的時期,原本我以為是這樣的,但
其實沒想到許多崩壞都是從這樣的安定開始。世界正在一點
一點崩碎著,而且時間在過去,還有更大的崩毀要來。

像漢斯與葛麗森的故事,她們走進黑森林,帶著乾掉的麵包,
相信剝碎的麵包屑可以帶她們回家。我在家裡也逐漸發現一
些細微的線索,每一樣都在說著我家的崩壞,正一點一點到
來。

曾經有段時間，我對爸爸只有憤怒。因為爸媽之間的吵架，其實都是爸爸挑起的，因此在爸爸生病住院的期間裡，媽媽雖然每日來回醫院，可是我總是非常排斥去醫院看爸爸。

我總是覺得：有這樣的爸爸，不如沒有！反正他也只會讓媽媽生氣，讓媽媽哭。我當時這樣狹隘且壞心眼的想著，完全沒有考慮到爸爸身體的狀況與爸爸心理的脆弱。當時在我眼中的爸爸，是一個對媽媽很壞的男人。而且沒有眼淚。

直到有一天，我到了醫院，那天不知道為什麼有一群基督徒在這裡，他們走進一個一個病房，為病人禱告。

當時我還覺得這沒什麼，因為以前我也看過別人禱告，但這次不同。當這群基督徒走到爸爸房間，他們揮手要我一起過來，為爸爸禱告。我低下頭閉上眼，很快就覺得無聊。我偷偷張開眼，卻看到了令我震驚的畫面。

爸爸在哭泣。

被基督徒們包圍的爸爸，眼淚大顆大顆的滴落，他無聲且無助地哭著，像個孩子。

我從沒看過爸爸的眼淚，直到那一天。我忽然意識到我有多麼殘忍。那個會讓媽媽生氣的爸爸，那個嚴厲的爸爸，其實也那麼的脆弱，那麼的無助。我的憤怒還可以發洩在別人身上，但爸爸不能。

在那一瞬間，我以前所有的抵抗全都粉碎，化作片片。
原本不喜歡去醫院看爸爸的我，從那次之後，開始自動自發，時間一到我就去醫院探望他。

但那時的我並不知道，我們的相處逐漸走到盡頭了。

爸爸

我與爸爸的關係，說起來有點複雜。

以前小時候，我知道我愛他，但我很難說我喜歡他。

爸爸非常嚴肅，嚴肅到近乎嚴厲。

我記得小時候爸爸要求我們要準時吃飯洗澡與睡覺，聽起來
很簡單，但做起來很可怕。爸爸的規定是：如果約定六點要
洗澡，六點如果人還在浴室外面，一定會挨罵。如果九點要
睡覺，九點一到，無論什麼事情沒做完，一律熄燈上床。第
二天功課沒做完？那是妳的事情，爸爸的規矩，不能不遵守。
如果沒有按時上床，通常討來一陣罵。

面對嚴厲的爸爸，姊姊的反應比較可有可無，姊姊與我很不
同，用媽媽的話來說，她是個神經大條的人。爸爸的要求在

她眼中，她不會樣樣遵守，甚至是有時高興遵守，有時忘光光。

但我不能。

爸爸今天說一，我不會說二，爸爸說要我往右走，我連左走的念頭都不會有。後來當我大一點看到星座，才知道處女座的爸爸，規矩那麼多其來有自。而我，我是獅子座，是那個遵守權威，遵從規矩的孩子。

在我學會別種說愛的方式之前，我只知道這種方法可以表達我對爸爸的愛。直到現在，我仍然一到六點就覺得該洗澡，很多時候也會遵守時間洗澡睡覺，沒有按照時間，總覺得哪裡怪怪的。

可是我知道我不喜歡爸爸，我不喜歡爸爸對媽媽的方式，也不喜歡我們不遵守規矩時，爸爸就把我們罵得很難聽。我明白什麼是愛，但我不喜歡愛的表達方式。

因此那時候的我抗拒他。

而這一切在爸爸生病之後，有了轉變。
那時，爸爸雖然不能說話，可是可以發出聲音。我開始學會辨認爸爸的聲音，很長的「嗯」是不要，點點頭是「看到了」，有時只是眼神飄過來，沒有聲音。

那段時間爸爸手術出院之後，時常與媽媽躲在廚房，媽媽走出來時，雙眼都是紅的。像剛剛大哭過。

我不知道他們在說什麼，但他們一定是在說與我們未來息息相關的事情。當時甚至覺得，爸爸難道是在交代遺言嗎？

有時我感覺爸爸看著我的眼神帶著不捨，但更多時候我看他是望著遠方，像是在想一些沒有人能參與的事情。

我不敢去猜測，也不敢去想。只能在心裡暗暗祈禱，事情沒有我想像的那麼糟。

那時，家裡還養著一隻狗，貴賓狗布丁。我們養了他很久很久，他也最喜歡爸爸，在手術之後，很常看到他陪著爸爸。可是畢竟布丁老了，他已經十五歲了，在爸爸出院沒多久，布丁死了。

那之後的爸爸，更加沉默，更多時候眼神是落在遠遠的地方。那時候我不懂，但現在我明白了，爸爸也有他的黑狗，他的黑狗也在注視著他。

轉
變

烏雲的邊往往鑲著金光。

這句諺語到底是對，還是不對呢？

在我的生活裡，有時衝動的決定會引來好的結果，但有時候什麼也不做，事情卻往往壞了下去。

可是我願意相信烏雲出現時，邊緣都帶著明亮的光。因為有那道光，我的人生才能繼續行走。

爸爸在生病之後，仍用他的方法，努力表達對我們的愛。他盡力安排出國的行程，雖然說不出話，可是他帶著全家出去玩。我們依舊不在爸爸面前吃東西，但爸爸卻會希望我們能多吃一些。

那是很奇妙的感覺，他不說話，我卻知道爸爸在說什麼。
我一直是敏感的孩子，媽媽說過，如果我能多像姊姊一點就好了。

到底是哪個線索讓我發現，爸爸想要自殺？
是爸爸的眼神？媽媽哭紅的雙眼？還是我一到家他們兩人就不再繼續的交談——嚴格而言，爸爸沒有說話，只是用破碎的聲音敘述他的情緒。

那次，爸爸突然告知媽媽，他安排了媽媽帶姊姊與我去瑞士玩，九天。以往都是全家一起出國的行程，這次爸爸不去了。

我隱約感覺不對，一直說著不要去，但爸爸非常堅持。他說他每天都會接我們的電話，每天都會聽我們報告我們去了哪裡。他要我們一定要去，「要玩得開心點。」爸爸這麼說著。

但不知道哪來的堅持，我好像知道一旦去了，回來就看不到爸爸了。因此出發前我仍與爸爸堅持不下，硬是不願上車。直到爸爸答應我會等我們回來，我才放下心，我相信這個約定。

瑞士真是一個很美的國家，我們去的時候正在下雪，我們去了好多個地方。爸爸怕我們累，幫我們三個女生訂了巴士。白天我們跟車去了阿爾卑斯山等地方，晚上回去就打電話給爸爸，告訴他，我們今天看到什麼，吃到什麼，雖然電話彼端只有微弱破碎的回音，但只要知道爸爸在，我就放心了。直到最後一天。

我們在最後一個景點，就要回去了，那時媽媽撥了電話回台灣，嘟嘟聲在電話彼端迴盪。

沒有人接。

媽媽又撥了一通。
依舊是沉默的，轉到語音信箱。

我立刻知道發生什麼事情了。
一路上我無法停止我的眼淚，在巴士裡，到機場時，上飛機。

爸爸失約了。

回到台灣，等待我們的爸爸，冰冷的，沉默的，再也不會惹媽媽生氣，再也不會與我說話了。爸爸消失在我們的生活裡，一個通知也沒有。

我不敢讓媽媽看到我的眼淚，總是躲起來，一次又一次反覆

著想著：是不是我們不離開就好了？是不是我們不去歐洲就
好了？

爸爸精心布置了一場我們不在場的死亡。

以前的我曾經為此非常憤怒，但現在的我，好像有那麼一點
點理解爸爸。我想爸爸一定也曾經勇敢的面對自己的黑狗，
他只是不願意成為我們的負擔，他用自己的方法說愛我們。
他甚至不願我們陪他一起面對死亡，直到最後他也是自己勇
敢的面對這一切。

雖然這樣的不告而別真是傷透了我的心。
但現在，我好像能慢慢放下了。

追逐夢想

爸爸離開之後，我有一段時間一直不知道自己要做什麼。
爸媽並不要求我的成績，而我也對念書沒有興趣。不，與其
說是沒有興趣，不如果說我對現在念的科目沒有興趣。

我曾經說過自己的夢想是去韓國，如果可以，我想成為練習
生。比起讀書，我更喜歡跳舞，更希望被別人注目。現在在
學習的這些東西，都不是我的夢想與興趣。

爸爸過世之後，我一直在思考之後的自己要做什麼。
因為爸爸的離開，讓我覺得我無法丟下媽媽，一個人自顧自
地去追逐自己的夢想。

沒有爸爸的日子，我們母女三人好像很快回到了日常生活。

可是所謂的日常就硬生生少了一個人，我們的生活裡有個大洞，而我們三人小心翼翼地迴避這個洞。有些事情就這樣平靜又爆裂的改變了。

而我的夢想在這樣的生活裡，靜靜擱置。沒想到是媽媽發現了我的想法。

當我還在為了要不要去韓國語學堂上課時，是媽媽鼓勵我，她知道我雖然想去，卻一直惦記著她。因此媽媽要我放心，不要擔心她。

去追逐夢想吧。

如果是電視劇裡面的媽媽，應該會這樣說，但我媽媽只是把爸爸喪禮辦完之後，讓我們可以好好回到日常生活，並把我的煩惱都看在眼裡。

那天，媽媽又看到我在發呆，問我怎麼了？我老實的告訴媽媽，我想去韓國。原本以為媽媽會反對，甚至我已經做好心

理準備會被罵，但我沒想到媽媽只是點點頭。

「這樣，也不錯呢。」

媽媽對我笑了，只說了這句話。

在這樣的一句話裡，我決定離開台灣，去韓國首爾的語學堂留學。是周子瑜說過的吧？夢想就是你不去做，永遠不會實現的事情。

所以現在我可以抬頭挺胸的說——韓國，我的夢想！我來了！

之前說過，我一直懷抱著星夢。想要去韓國，想要知道韓國人怎麼生活，想要成為練習生的夢想，我一直沒有放棄。

後來，終於有機會去韓國——留學！
雖然不是去當練習生，但我仍然不想放棄這個機會。
因此，我到了語學堂，開始了我的韓國生活！

可是在家裡的我，其實一直有媽媽照顧著，我連怎麼買洗衣精，怎麼洗衣服都不知道。在家裡的我，十指不動陽春水，我的手指負責拿來打鍵盤，拿來化妝打扮，但我不知道怎麼煮飯做家事，甚至連按洗衣機的按鈕這件事，我到首爾之後，還要打電話回家問媽媽。

LLYING

雖然說起來不可思議，但真的是這樣呢！

來到韓國首爾的我，雖然在自己夢想的土地上留學生活，卻也必須面對照顧自己這件事。除了煮飯洗衣，還有打掃等，以前有媽媽幫我做的事情，現在全部都要自己來了！

我感覺，我好像長大了那麼一點點！

在異國的孤獨感有點甜蜜，有點新鮮，一切不同的事物撲面而來，那些理所當然的生活，都成為快樂的背景音樂。

我會跟朋友去吃飯，雖然身體裡那個被爸爸訓練出來的準時鬧鐘還是會在該回家時逼逼叫，但走在路上，迎面撲來的風卻是那麼輕快，那麼明亮。雖然我知道風還是一樣的風，我也還是一樣的我，可是這一切都那麼愉悅，一個人孤獨的自由，讓一切都歡快起來。

我還在首爾受傷了。

那天晚上與朋友去吃飯，吃完飯之後我們在小公園裡面玩耍聊天。

不知道是誰先開頭的，指著前面一個洞說：「我們來比賽吧！」她輕身一躍，燕子一樣跳過了洞口。我不甘示弱，隨著她跳，但人家跳起來是那麼輕盈，我跳起來只覺得腿上綁了十公斤鉛。

果不其然，喀答一聲，我跌倒了。腳還重重踩在土地上，摔了下去。

秋天的首爾已經開始冷，我跌成一團亂七八糟，照理來說應該要好好大哭一場，可是我跟朋友對望一眼，兩人忽然大笑成一團。

這就是我的生活。

一個人生活的開始，別人做起來輕易無比的事情，我常常會摔個狗吃屎，可是我可以站起來。就算疼痛，就算流血，我還是可以站起來，繼續往前走。

我們在那個晚上抱在一起大笑後，因為腿實在太痛，進了醫院。醫生檢查之後說有點裂傷。那個晚上給我的禮物是一條受傷的腿，與認知到個人自由的代價。

但這太美好了，我不會跟任何事物交換。

我記得我摔倒時的天空，我記得鼻腔當時的冷空氣，我記得腳上的疼痛。

我是這樣的活著，活在這裡。
就算疼痛，也是活著的證明。

這是我的首爾生活片段。

所有的小事都放大得必須正經以待，個人的生活在此輝煌燦爛，我想若是有以後，我會很感謝這一段生活。

LIYIN

#6

復發

一邊讀書，我也沒有忘記工作。時常一個晚上自己對著該念的功課，一邊手還在剪著影片。

許多人覺得做 YouTuber、自媒體這種事情很簡單，只要有台電腦有個手機，誰還不能做呢！誰都能做！

當然，這的確是誰都能做的事情，可是誰能堅持下去，就很困難了。別人看我光鮮亮麗，卻沒看到我頭上髮捲（好像也有看到過，畢竟我也會拍一邊化妝一邊聊天的影片），身穿睡衣的樣子，她們覺得 YouTuber 這樣的工作誰不會，而我只想跟他們說，你來你來，別怕，快點來。

一開始酸民是我生活裡的調味料，可是調味料太多了，整鍋湯就得丟掉。當我的生活裡，酸民不停出現後，我那一直存在的病，又帶著我熟悉的黑狗，上門來打招呼了。

作為一個實質上的大小姐，其實我在家裡真是備受寵愛的。這件事情尤其到我發覺我連洗衣服都有困難的瞬間，大小姐三個字其形狀其質地之明顯，簡直是直直擲到我頭上，還有匡噹的一聲。

直到現在，我仍然對洗衣精、柔衣精要放多少而苦惱，每次買這些生活上必備的什物都還是得打電話請教媽媽，我的 YouTuber 技能點隨著我拍片慢慢累積增加，但我的生活技能仍然在不足的狀態。

如果我是線上遊戲的角色，就是個技能點非常歪斜的角色。

可是媽媽始終不以為忤，每一次我打電話回家求救，媽媽總

是耐心的指點我，多少衣服得放多少洗衣精，洗衣服第二次才能放柔衣精，不然柔衣精得放在另一個小槽裡……

幸好我不開伙，如果開伙，我又得給媽媽添多少麻煩呀！

除了家人，在這裡的朋友同學，也成為我的新生活的重心。我的朋友她們會陪我晚上去吃飯，有時我們會相約一起去街頭看藝人表演，看到俊美的歐巴我們會一起害羞一起笑，也會一起去喝酒，一起說話……很多人說韓國人冷漠，但我在我的同學身上看到的盡是熱情與親切。韓國人對人直接，喜歡就是喜歡，看到你就露出笑臉來。反而是我這個台灣人，有點害羞有點不知所措，在異鄉異地，我讓韓國同學們的熱情慢慢澆出溫暖來。

有很多時候我會想起爸爸，他知道我在做 YouTuber，但不知道我會正正經經地把它當成職業，並認真的做下去。爸爸若是看到現在的我，會不會高興一點呢？會不會，稱讚我呢？

直到現在，姊姊與媽媽後來又去過歐洲，但我無法再踏進去。我始終無法忘記那次的瑞士行，無法忘記在電話彼端沒有人接聽的恐慌，我想也許很久很久以後我會再去歐洲。但不會是現在。

而就當我的工作與生活慢慢都踏上軌道，也慢慢起飛時，我的生活裡突然多了許多味道──酸民的味道。

酸民們

如果說到網路世界裡最奇幻的生物，你會想到什麼？
是龍？還是口吐彩虹的獨角獸？貓貓們？

我的選擇永遠只有一個，那就是——酸民。

酸民生態其中之一：酸民有群聚效應。
若是成為 YouTuber，酸民就會成為你生活的一部分，他會成為生活裡奇妙的調味，往往在開心的時候，冷不防就會有個酸民來酸一下，那酸還真不是普通的酸，他可以戳到你最痛的地方，看你哭，他還更會惡狠狠地踩下去。

我說過，我其實是個沒有自信的人。許多時候也都是得撐著一個架子，不讓自己垮下去而已。明明知道這些酸民不過是

無聊人士，有些人可能就是來尋個樂子，希望你理會理會，這種時候，不搭理他也就是了。但偏偏有些人就是吃了秤砣鐵了心，非要你理他才行。這種人簡直有種變態的喜歡出現在留言裡面，你越是不理他，他罵得越是兇，但你要是理了他，他就自以為屬害，又繼續留些酸來酸去、自以為幽默的東西。

還有一種，簡直非常人型：你要說東他非得說西；你要說北他非得講南；你要說這世界上充滿正能量，他立刻負能量爆棚給你看看；你要說這彩妝盒好用，他立刻在底下留言哪有哪有我見過更好用的……總之天上的星星摘下來，他也可以嫌這顆星星是白矮星，很快就要爆炸了。

我一開始闖蕩江湖，什麼也不懂，人家來留好話，我謝謝他們。大概是這樣有問必答，引來一些酸民來求關注。這下我的YouTube頻道熱鬧起來，時不時有些人大著舌頭來指點我，說我長得也不怎樣的也有，說我胡吹亂謗的也有，說我講什麼錯什麼的也有，最後一種，說我看起來一點也不像得憂鬱症的，特多。

甚至到後來，私訊指教我的人也來了，各種亂七八糟的留言
飛了進來。有說我很假的，有說我只是用憂鬱症當幌子的，
也有叫我去死的。

他們叫我去死。

酸民生態其中之二：酸民特膽小，都不敢用本名真帳戶見人。

我曾經氣不過，回覆這些私訊，但卻發現我寄出去的語句像
石沉大海，從來沒有回音。我後來才知道，網路上的便利不
但便利了人，也便利了酸民。他們幾分鐘內就可以辦好一個
假帳戶，用假帳戶留言給我。

他們掩著真面目，躲在螢幕後面，叫我去死。
他們說一個憂鬱症的患者，如果真的想死，就去死。

那是一個一直下雨的初秋。

我復發了。

我以前住在台北的時候,最不喜歡就是台北冬天一直下雨。

台北冬天的雨特別灰黯,把整個城市都鋪上一層濛濛的灰。

在那當中人特別容易感覺到寂寞,孤單,而且冷還是真的冷,

濕氣又重,把冷意往人身體裡帶。

我以為韓國緯度比較高,不會這麼常下雨,濕氣沒有那麼重。

但冷,依舊是冷,甚至更冷了。

那個初秋,我復發了。

一開始先是倦怠,接著開始無法入睡,我想著都是不好的念

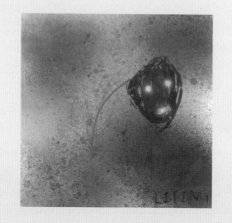

頭，往往是在夜晚，這些念頭會跟著黑狗的眼睛一起逼視我。我只好繼續吃藥，把藥一把一把往嘴裡送。

有時候會想，別人吃糖果才這麼大把大把的吃，可是我，卻是把藥當糖吃，這也算是吃得苦中苦的一種了吧？

安慰完自己，仍然要面對現實。事業起飛的同時，我得面對那些充滿惡意的酸民，與自己孤身一人在首爾的現實。這種時候，我特別容易想起爸爸。想起爸爸最後的寂寞，與他曾經對我們的好與壞。我想起爸爸最喜歡去香港，他曾經去香港不下百次，也曾經帶我們去過好幾次。

那時的記憶仍然是那麼愉快，可是回想起來我只剩下眼淚。我一直哭一直哭，我想我再也不會去香港了。我怕我一到香港，就會想起爸爸已經不在我們身邊。

同學朋友的關懷依舊溫暖著我，有一位朋友甚至會送飯來給我，陪我說話。遠在台灣的媽媽，也會打電話給我，有時什麼也不多說，就只是聽到媽媽的聲音，我感覺就比較舒服。

可是往往一個人時，憂鬱症便四面八方包圍我，我在這片密
不透風的網子裡喘不過氣來。

我要面對酸民，要面對一個人在首爾，還有我的學業，我的
工作……在首爾一個沒有人知曉的地方，我默默慢慢的悄悄
崩潰，沒有人會知道。

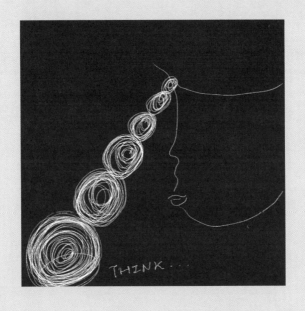

#7

之後的生活

嗶啪。

我會想像那個畫面：小雞在面對這個世界前，會啄開包裹它的蛋殼。嗶啪一聲，一點一點，小雞在黑暗裡慢慢看到一線光。如果它知道世界那麼慘忍，它會想來這個世界嗎？

崩潰對我而言，先是剝落，一條一條的裂縫出現在最脆薄的表面，發出細碎的一聲，露出一隻眼睛。嗨，我新生的崩潰。但當我這麼以為時，背後傳來腳步聲。我轉頭只見到熟悉的黑狗，牠沉默的望著我。不，那不是新生，那是我所早就知道的，我的憂鬱。

只是更狂暴了。

日安，我的小小憂鬱。

如果我可以這麼說就好了。

早晨，我的憂鬱是伴隨黑狗的寂寞城市，夜晚，我的憂鬱是海洋裡最劇烈的暴風雨，操縱這一切的都是那隻熟悉的黑狗。

我在手臂上刺上牠的形象，提醒自己牠有多麼恐怖。鐘鉉也有刺這隻黑狗，我試圖想像鐘鉉在離開世界前，他又在這樣的劇烈風暴裡待了多久？

當我的憂鬱襲來，我完全無法動彈。

有時候可以一下做很多事情，有時候又躺一整天完全不想

動，我知道這一切都不對勁，可是無法控制，像失去了主控權的車手，我的人生車輛在賽道上橫衝直撞。

而我甚至連要去哪裡都不知道。

我想要生活，我來到韓國是為了追求我想過的生活，但沒有想到這個生活狀態不是我想要的。這個狀態殺得我措手不及，讓我一下不知道該怎麼繼續生活。

那段時間，我有機會回到台灣，在知道自己不能繼續這樣下去的情況下，我去了身心科，之後也開始心理諮商。

是的，憂鬱，我巨大的憂鬱。

不能輕盈的說一聲 Bon jour，我的憂鬱是重症，伴隨躁鬱症，我得開始吃藥，加量的藥。

藥一直是我的朋友。

比較年輕的時候，我會邊數著藥丸的顏色，邊幫它們取名字。

我的藥丸戰隊，一點也不可愛。可是只要吃下去我就有辦法面對世界。

這次，在診間時，醫生看著我的狀況，滿臉的憂愁。

我知道我自己狀況不好，但我寧可知道魔鬼有名字，也不願意面對不知名的地獄。

「醫生，是什麼呢？」

「重度憂鬱，併躁鬱。」醫生看著我，溫和的問：「除了藥物協助之外，我幫妳安排心理諮商，好嗎？」

LIYZNG

於是那段時間我每個禮拜都會固定時間，起床搭車，來到城市另一端接受心理諮商。

有時候我會想起以前，以前爸爸在的時候。
那時候我還是爸爸媽媽的小女兒，就連下課回家，我都會打電話叫媽媽或爸爸下來接我上樓。

可是爸爸過世後，我突然就長大了。
幾乎是瞬間，我就離開了「小女兒」這個身分。

在韓國我自由，但也跌跌撞撞的一個人生活，回到台灣去看醫生與心理諮商也都是一個人行動。一部分的我慶幸著自己長大了成熟了，但一部分的我明白，有一個可以任意撒嬌的對象，是多麼幸福。但已經失去了。

我獨立生活，每天吃十四顆藥。舒緩情緒的藥、讓我睡覺的安眠藥、為了不傷胃而使用的腸胃藥……老朋友加倍了，回到我的生活裡。吃藥像吃糖一樣，我熟悉他們幾乎像是熟悉

某些食物，藥物在我的生命裡有悠遠的一頁。

我獨立生活，與我的憂鬱共生。照樣拍片剪片，與酸民的酸言酸語過生活，看著那些語言從每一字都會割傷我，到我一點感覺都沒有。

麻木與疼痛，我只能選擇麻木。選擇在夜晚一個人的時候，讓那些情緒淹沒我。疼痛太可怕了，讓那些酸民看到我疼痛則是更可怕的事。也許是一種天生的本能，我明白身為一隻獵物，讓獵人看到受傷的弱點，馬上就不用活了。酸民們視我為獵物，我的無助與疼痛，只會令他們心喜如狂。所以，我只能麻木。被動的選擇，沒有餘地的選擇。

我叨叨敘述，心理諮商師則像海綿一樣，讓我盡情吐露那些噩夢，那些在深夜令我不眠的許多物事。

當然，那當中，也有我的夢想。

紐約、紐約

現在的我，二十一歲。

如果活到二十六歲的生日那天，我有了時光機器，回到現在，會對現在的我說什麼呢？

我想，我一定會對現在的我說：妳辛苦了。但妳做的很好！一定要撐住。

為了我的夢想。

我還有好多、好多的夢想。

其中一個是我小小、小小的紐約夢。

曾經，我跟媽媽去過美國，我們去了洛杉磯。去了比佛利山莊、日落大道，還有星光大道。當我在星光大道上，看著人

來人往，而我身在其中時，這是我在美劇或電影裡看過幾百次的鏡頭，而我現在站在這裡！那時我好興奮，只想大叫：我真的在這裡！我在 L.A！

而紐約，更不用說了。我渴望有一天可以親眼看到自由女神，我想像有一天如果我在時代廣場，那時候我會怎麼樣呢？我會不會開心到跟每個路人說：嘿！我實現我的夢想了！我在紐約時代廣場！是電影裡面看過的時代廣場呢！

……認真想想，我還真有可能做這種事。

而且，我還有一個夢想，那個夢想很平凡，很普通，很……讓人害羞。雖然這個夢想不關乎於我而已，還有另外一個人。

那是，關於愛情的夢想。

#8

每道烏雲都鑲著金邊

以前我聽過有人告訴我，每道烏雲都鑲著金邊。我嗤之以鼻。那時的我，爸媽正在吵架，我的病症發作，對我而言烏雲就是烏雲，即將要下雨的象徵。

而我那麼那麼討厭下雨。可是現在的我，好像懂了一點什麼。

爸爸離開了之後，我才明白，我的爸媽雖然有很多缺點，可是他們是我的爸媽，他們最適合我。尤其是我的媽媽，是世界上最適合我的媽媽。

雖然有時候我們還是會吵架。但是我媽媽從來不限制我出門，甚至在我去首爾時，媽媽還會鼓勵我多出去玩，多認識人，趁年輕多看看這個世界。

她不是想像中的普通媽媽，她是我的超級媽媽。不是一般人口中的那種好媽媽，但是她有很多不一樣的地方，那些都超越了所謂的「好」。

她鼓勵我去夜店玩，告訴我年輕就該好好玩，她希望我能多多去認識新朋友，往外走，走向那片寬廣的天空。

我往外走，往外走，走著走著，遇到了那個人。

說一個秘密。

我有喜歡的人。

我不知道別人怎麼看，但對我來說他真是非常的帥。

剛到韓國念書的第一年，太放鬆了，我很開心有了一個人的
自由生活，但同時也變得很頹廢，每天晃蕩來晃蕩去，沒怎
麼再拍片。

當時有幾個一直在追我頻道的網友說：力穎，妳怎麼到了韓
國卻沒有履行妳的拍片承諾？

那時我真的玩瘋了。

因為新鮮與突然的自由，在首爾我第一次玩到晚上回家。跟一個歐逆約了一起出去玩，原本預計我晚上十二點前一定要到家，因為那是爸爸之前規定我們一定要回家的時間。可是那一晚太快樂，我不知不覺玩到早上四五點，搭第一班地鐵回到家，呼呼大睡。

原來我可以玩到早上！

也是在那段時間，我遇到了那個讓我眼睛離不開的男孩。這是我的小秘密，因為我以前沒有談過戀愛，完全不知道戀愛是怎麼回事。可是，光看到那個男孩存在，我會感覺到那些以前不能忍受的事物，突然都變得稍稍能忍耐一點。

他只要存在著，就令我快樂。有時候我心情不好，便會繞往他常去的街頭。看看自己那天是不是運氣夠好，可以碰到他。

光是遠遠的看，我就滿足了。

那些疼痛的寂寞，那些傷人的陌生人語言，那些憂鬱的痛楚，在看到他的瞬間，都變得不那麼巨大。我曾經在網路上看到一句話說：看著誰誰誰的臉，可以配三碗飯！

以前我哈哈大笑，怎麼可能，拿誰的帥臉當配菜？

可是現在的我懂了，有個人會讓妳一見到他就覺得所有糾結的什麼都可以放下，憂煩的難過的煩惱的，都不再是困擾。而在那樣的情況下，我想一定可以多吃兩碗飯。

而且光是看著他，就讓我想要努力活著。

努力著，努力活著

在憂鬱症的時候，其實光是活著就非常辛苦。雖然我外表看起來很正常，也會大笑吃飯走路，但一個人時——老實說，我常常想到死。

如果不是因為媽媽還在……想起爸爸的離去，我明白，我怎麼樣都不能傷害媽媽的心。因為她的心已經因為爸爸，摔碎過一次。現在的她好細碎好脆弱，我知道媽媽現在是為了我與姊姊活著，假如我們之一離開，媽媽那顆心會摔得更碎，這次要再修補起來，會更費力。

但小時候就得憂鬱症的我，就像個外星人，只是披著一張人皮在世界行走。地球人們以為我是同類，只有我自己知道我自己奇怪。

以前，我總是羨慕那些人，那些看起來能輕易活著的人。他們的生命裡沒有藥，她們不需要與黑狗為伴，她們可以真正做一個地球人，可以在一個人的時候安然入睡。

可是現在，我知道就算我有憂鬱症，就算憂鬱症把我變成了一個不同於地球人的外星人，我還是可以活著。雖然是辛苦了一點，雖然必須吃藥，雖然得豢養著一隻不請自來的大黑狗。

但我可以抬頭挺胸的說，我努力活著。每個人的道路都不一樣，我的道路也許困難了一點，但是我不會放棄的。

因為媽媽，因為我喜歡的男孩。
我會變得更好，也會更努力生活。

努力生活這句話對有些人來說，或者聽來可笑。
但對生病的人而言，「活著」就是最勇敢的事情了。

#9

為了所愛的人

說起來，女人的心啊，充滿了秘密。

我的心也是，裡面有一些小小的氣泡，戳破一個就冒出一個秘密。

這個秘密，說起來好像有點羞恥，但我還是想講出來。

我明白就算有愛，也依舊會孤獨。我明白。

因為爸媽也曾經那麼深愛過彼此，我還記得小時候他們倆人在樂園裡牽手並肩前行，那時候的他們看起來那麼那麼的相愛。可是爸爸的癌症仍然只有他能承受，媽媽再怎麼愛著爸爸，許多事情仍然只有自己能背負。

我明白。

愛不能讓我從此變得不孤獨，愛不能讓我喝令黑狗離開。

我明白。

可是愛能讓我挺起我的背脊，讓我站起來，就算前方烏雲密布，我仍然相信所有的烏雲背後都會有光。

因為愛著媽媽，我知道我更要好好的活著；因為喜歡上那個男孩，我知道我會成為更好的人。雖然愛不像童話故事裡的精靈一樣，可以給我三個會實現的願望，但是愛上別人讓我明白，這世界總是有比看起來更好的那一面。

你看到的我，那些標籤化的我，其實剝去之後，會發現我就是一個女孩，一個因為愛與被愛，努力活著、努力在世界上留下來過的證明的女孩。

如果我現在看起來有那麼一點點好，我想大概是因為我喜歡上的那個男孩，他讓我想要成為一個更好的人。

還有我的媽媽。那麼保護我，在我提出要求希望去追逐夢想

時，放手讓我去追的媽媽。就算她也有自己的傷，卻盡力不讓自己的傷口影響我。

我失去過很多，卻也得到很多。雖然仍然有些酸民為我生活調味，但沒有辦法，我想對酸民而言，他們哪天不端鹽撒醋，可能會要他們的命。因此我想我的存在，除了對愛我的人而言是必要的，對酸民而言可能也是做善事吧。

但無論他們怎麼碎嘴，我就是我。

#10

生活，就是活下去

好像說了太多自己的事情了，我有點害羞。

但仔細想想，其實憂鬱症在現在這個社會並不是一件稀有的事了。憂鬱症有可能找上任何人，也有可能會在任何人身上發生。

我是在國小五六年級時確診為憂鬱症的孩子，所以有時候我會覺得小孩並不是都無憂無慮，就算是小孩，憂鬱症仍然可能帶著牠的大黑狗找上門來。

可是，我好想好想告訴一些人，就算憂鬱症也是可以好好活下去。

我時常接到酸民的言論，但也時常接到同樣是憂鬱症的患者們寫訊息來問我，她們有憂鬱症，該怎麼辦？

說真的，酸民的言論我還可以一笑置之，可是面對同樣是憂鬱症的朋友，我卻什麼話都說不出來。我只好不回應，因為

我不知道怎麼回應比較好。

但我真的好想告訴那些寫訊息給我的憂鬱症朋友，你還活著，已經是很勇敢的事情了。

真的，因為在憂鬱症的摧殘下，情緒來時簡直是黑暗到外人無法想像，可是你撐住，活下來了，那就已經是最勇敢最勇敢的冒險。

我曾經拍過影片，討論有某位主持人說：「憂鬱症都是不知足」的事件。那時我非常生氣，也覺得在這社會上，許多人妖魔化憂鬱症不遺餘力，無論是不知足或不知感恩，這些話憂鬱症患者們一定都非常熟悉。但我真的真的很想對那些說出這種話的人說如果不了解，你可以選擇安靜。不是每件事情都需要閣下的意見。

有時候，安靜是種美德。

我有時候覺得，那就是一種倖存者會得的疾病。

因為在創傷之後，每個人都會有自己的應對方式，我覺得憂鬱症是一種面對創傷後的病症。

憂鬱症絕對不是什麼不知足、不知感恩，而是一種貨真價實的病。但是它也絕對不是無藥可醫。

現在這個社會，因為壓力的關係，大家可能或多或少都會有一點憂鬱的狀況，如果覺得自己開始想要死亡，或是做一些日常事務會過度時，如過度睡眠、暴食的話，那可能就是憂鬱的初期跡象。

我很幸運有媽媽與姊姊，還有現在喜歡的男孩，他們都讓我

想要好好活著。所以當我知道我憂鬱得很嚴重時，我會努力想辦法活下去。我學著求助，學著獨立，雖然生活在憂鬱時那麼痛楚與勉強，可是有其他人在，我會努力站起來。

雖然我失去了爸爸，但我的家還在，我的夢想也還在。夢想支撐著我往前走，我知道我有一天會走到，我會帶著身邊那隻沉默的黑狗一起走到那裡。

我也不知道未來之後會怎麼樣，像是在這個時候，疫情打擊了世界，我差一點回不去首爾繼續我的學業，但我知道這世界有一個喜歡的人存在，我就可以勇敢的回到首爾，繼續拍片剪片，好好的繼續生活下去。

沒有什麼比生命更重要的了。因為要完成夢想，要賺很多錢，要吃很多好吃的東西，都需要「生命」來支撐。

所以千萬千萬，不要輕易放棄生命。
我對我自己這麼說。

就算當我墜入憂鬱的黑暗裡時，我也會想起媽媽的臉，還有那個男孩的臉。當想起他們時，我就會想到關於未來的那些小小夢想。她們都還等待我完成。

我想，我是個幸運的人。

雖然憂鬱症奪走我一些快樂的部份，但牠也給了我一些，像是終於比較理解過去爸爸罹病時的心情，更為失去爸爸的媽媽著想。

憂鬱症讓我理解：就算憂鬱，我還是可以有夢想，還是可以好好活下去。

但當然，我無法讓所有人都滿意我。只要繼續拍片，我就得面對酸民的回應。仍然會有人寫私訊罵我，或是在論壇說不喜歡我什麼的，但我無法控制別人想什麼，只能感謝那些仍在喜歡我、願意支持我的人。

畢竟前面也說了，酸民就是 YouTuber 生涯裡，一定會出現的調味料，只是味道差了點。

沒有關係，不要緊。我還是會因為這些陌生人顯現的惡意而受傷，但現在的我可以理解，這些事情都會過去。我只能做我能做的事情，別人的所作所為，都是他們的決定。

未來一直來一直來，未來不會因為誰的悲傷而停止下來。

停止的永遠只有現在。

我知道我不能停在現在，因為如果停止在「現在」的話，我的夢想就真的只是夢想而已了。

嗨，你也有憂鬱症嗎？那隻大黑狗也在看著你嗎？

我知道情緒浪潮洶湧而上時，你會非常非常孤單，但別忘記，還有很多人陪著你。

你的存在，一定對某個人而言，非常重要。

請為那個重要的人，活下去。

所以，說到這裡，也差不多要結束了。

我是一九九九那年出生的孩子，在我出生後二十年間，憂鬱
症成為世界衛生組織認定影響人類的重大疾病第二名，全世
界粗估有三點五億人罹患這個病症。世界上很多名人都受憂
鬱症所苦：邱吉爾、鐘鉉、雪莉⋯⋯

也許，還有你。

有些人表面上總是微笑著，但他們內心淌血，卻無人所知。
有些人為了控制自己，沒有停止過用藥，每天都要吃十幾種
不同的藥。有些人無法忍受夜晚裡一波一波的情緒衝擊，而
決定離開。

我也曾經是這樣，甚至現在的我偶爾還是有這樣的念頭：如果離開就好了呢……可是，不可以。

我還想努力一點點，再一下下。

我不是什麼多優秀的孩子，也不是什麼特別出眾的漂亮女孩，可是我現在經營著一個 YouTube 頻道，有些人會來看我的影片。

我希望藉著這本書，讓看到這本書的人多懂一點點憂鬱的影響，我希望更多人了解憂鬱症是種嚴重的病症，任何人都可能罹患這個病症，請放下普通人對憂鬱的恐懼，更靠近那些人一點。在他們哭泣的時候，溫柔以對。……如果我對你 有那麼一點點的影響力。

就像在我難過時，想起暗戀的男孩的面孔，想起他的五官，我就會從難過中努力醒過來，明白這世界上還是有什麼值得我活著。

還有去紐約的夢想，還有繼續保護媽媽的夢想。

我不會被憂鬱症打敗的。

因為我背後有好多事情支撐著我。

我想努力賺很多錢，吃到很多美味的食物，去很多不同的地方，與不同的人相遇，用力拍片，拍很多很多片，還要被酸民罵⋯⋯

生活是這麼的多采，我想我不會看夠。

就算我必須忍受憂鬱與躁鬱彼此交錯出現，就算是現在得繼續吃藥，可是我還是會生活著，繼續生活著。

如果今天你拿起這本書，剛好也跟我一樣有嚴重的憂鬱症，請記得：不要責備自己，因為光是「活著」，對你而言已經是用了百分之百⋯⋯不，甚至是百分之一百八十的力氣。

只要「活著」，就很好了。

等你可以站穩一點，覺得有一點點多餘的力氣時，再想辦法抬起你的腳，往前邁進一點點。不用多，一點點就好。不用急。

如果跌倒，想躺一下就在那邊躺一會，沒有人會催促你。
等你覺得可以站起身，再起來，往前走。

我也是這樣走過來的。
往前走一點點，再往前一點點。

許多人幫助我：我的朋友，還有我的家人，以及我所喜愛的那個男孩……他們陪著我，雖然這條路是我的路，只有我能走。

今天的我，也依然站在首爾的星空下，不斷努力生活著，往前走著，追逐夢想的我。

我叫劉力穎，二十一歲，我是個 YouTuber。

註
憂鬱症為世衛排名第二重大疾病的報導見：
www.storm.mg/article/1092763

我每天吃十四顆藥，依舊相信會得到幸福

作　　　　者	劉力穎
主　　　編	蔡月薰
文 字 整 理	馬千惠
企　　　劃	倪瑞廷
封 面 題 字	莊仲豪 IG @ zeno.handwriting
美 術 設 計	犬良品牌設計

第五編輯部總監	梁芳春
董 事 長	趙政岷
出 版 者	時報文化出版企業股份有限公司
	108019 台北市和平西路三段240號7樓
發 行 專 線	02-2306-6842
讀者服務專線	0800-231-705、02-2304-7103
讀者服務傳真	02-2304-6858
郵 撥	1934-4724時報文化出版公司
信 箱	10899台北華江橋郵局第99信箱
時 報 悅 讀 網	www.readingtimes.com.tw
電子郵件信箱	books@readingtimes.com.tw
法 律 顧 問	理律法律事務所　陳長文律師、李念祖律師
印 刷	和楹印刷有限公司
初 版 一 刷	2021年3月19日
初 版 五 刷	2021年4月13日
定 價	新台幣350元

版權所有，翻印必究（缺頁或破損的書，請寄回更換）

我每天吃十四顆藥，依舊相信會得到幸福：10道憂
鬱傷痕，陪你一起放下痛苦，救回自己 / 劉力穎作. --
初版. -- 臺北市：時報文化出版企業股份有限公司,
2021.03
　面；　公分
ISBN 978-957-13-8640-9(平裝)

863.55　　　　　　　　　　　110001615

ISBN 978-957-13-8640-9
Printed in Taiwan　|　All right reserved.

時報文化出版公司成立於 1975 年，並於 1999 年股票上櫃公
開發行，於 2008 年脫離中時集團非屬旺中，以「尊重智慧與
創意的文化事業」為信念。